KB140381

우리 너무 절박해지지 말아요

이원 시집

시인동네 시인선 100   이원 시집

우리 너무 절박해지지 말아요

시인동네

시인의 말

하나의 용서가 나를 시작했다

불가능한 일인데
불가능한 일인데
나는 살아야겠다
나는 가능해야겠다*

첫 얼굴을 자꾸 잃어버리는 사람이 비루한 손을 내놓는다

그조차 자격이 되지는 않지만

이렇게나마
당신께 당신의 것을 돌려드린다

*빌 4:13.

2018년 11월
이훤

차례

시인의 말

제1부
사람들은 생각보다 서로에게 관심이 없다

제2부
체위—하는 사물, 체위—하는 사람

제3부
혼돈이라는 효능

제4부
이 방에는 이방인이 둘 살아요

타국의 나를 견디고
타국의 당신을 견디고
타국의 우리를 만들어가는

곡진한 나의 친구들에게

제1부
사람들은 생각보다 서로에게 관심이 없다

에덴

그리고 깨어날 거야 잦은 두통으로부터

변명으로부터

수치스런 새벽과 긴 욕구들로부터

송아지와 염소가 더는 사라지지 않는 곳

누구도 타지 않는 곳에서

눈을 뜬다

아이들이 울지 않는다

사람을 한 그루도 버리지 않는다 손바닥이 들풀처럼 이어
진다 얼굴과

얼굴이

물 위로 흐른다

하나의 품이 전부의 품이 되는 곳 누구도 구겨지지 않는 곳
에서

잠들었다고 나무라지 않는 곳에서

우리는 깨어난다

오늘이

영영 오늘인 곳에서

치킨과 와플

—458 Breakfast, Atlanta

어울리지 않는 것들은 가까이 있다 어울린다고 생각될 때까지
　몸을 얻은 밀가루와 몸을 잃어버린 밀가루가
　몸을 맞댄다

　서로 등을 들춰보고 있다. 가루들이 다투는 방식. 누가 더
촘촘해지나

　죽은 날개는 비행을 포기했다는 사실에
　자괴한다 밀가루는 스스로의 미래를 반복한다 기대되지 않
는 날도 있다
　날개가 두터워지다가
　굳는다

　떨어지면 깨지는 소리를 내는 플라잉팬
　플라잉팬은 난 적이 없다 한 번도 날지 못한 날개가 플라
잉팬에서

>

비행을 마친다
마지막 비행엔 마지막이라는 말을 않기로 하자

시럽이 굳는다

좁은 식당을 메운 사람들
오래전 죽어버린 날개를 들고 있는 사람들
무어든 들고 있으려고

밀가루는 밀가루를 덮는다
우리 너무 부지런해지지 말자

플라잉팬은 여태 난 적이 없고

밀가루와 날개는
서로의 밖으로 서서히 떨어져나가고 있다
어울린다고 생각될 때까지

순록과 순리와 북미 원두

사슴의 형상이

카페 간판에 놓여 있다 근데 왜 사슴일까? 장화를 신고 화로 앞에

서 있다

북미산 순록을 카리부라고 부른대요

커피를 끓이는데

비에 젖은 순록 발자욱이 들린다

쇠로 만든 나뭇가지 가득한 화로에 어느 중년이 손을 갖다 댄다

숲이 타는 냄새가 난다

뜨거운 걸 피하려면 뜨거운 걸 먼저 느껴야겠지

얼마 만에 뜨거웠지 생각하다 중년은

손을 델 뻔했다

북미 원두가 얼마나 좋은지 몰라. 커피가 원숙하려면 좋은 증기가 필요해. 좋은 증기를 내려면 좋은 물이 필요하고 좋은 물은,

좋은 물은 어떻게 태어나는데?

순록이 두리번거리고 있다

우리는 물이 멀어지는 모습만 본 적이 있다

물은 달라고만 하는 것들에게 한 번도 생색이 없고

물이

저의 몸을 빠져나가는 소리가 들린다 그런 소리는 모든 광
경을 늦출 수 있다

거의 모든 광경을

멈출 수 있다

소녀들은 여태 스크린을 보고 있고

신문을 읽던 노인이 안경을 벗고 눈을 비빈다

뜨거운 컵을 쥐고 있다가 미끄러질 뻔했다

순록이 조용히 카페를 빠져나간다

로빈과 키온

붉은 벽돌로 지은 탑에 사는 부부는 가끔 멀리 머무른다 탑은 몸이 길고 머리와 발이 멀리 있고 로빈과 키온은 서로를 듣지 못한다 듣지 못하니 손으로 서로를 부른다 필요를 이야기할 때는 왼손으로 이야기한다 도와달라고 한 번 외출하자고 두 번 자야 할 시간이라고 세 번 왼손을 흔든다 왼손을 흔들다 보면 하루가 거의 다 간다 손을 흔드는데 어떤 날은 마음이 보인다 한번 기억한 걸 다시 기억하는 방식으로 우리는 들을 수 있다 오른손으로 기분과 관련된 말을 한다 기쁘다는 말은 오른편으로 한 번 마음이 빗나갈 때는 두 번 안아달라고 할 때는 세 번을 흔든다 너무 많은 말을 만들었다가 결국 다 잊었다 우리는 3이라는 숫자가 가지는 힘을 보았지 알아듣지 못할 때마다 대각으로 포개는 팔의 속도에서도 우리는 다정할 수 있다 잠들기 전 남편은 꼭대기에서 유리로 들어오는 빛을 보고 있다 무어든 받아 적을 수 있다고 믿는 사람처럼 듣는 것이 전부라 해도 괜찮다 했다 늦게까지 내려오지 않는 날도 있었는데 왼편으로 세 번 손을 흔드는 키온에게 로빈은 오른손을 크게 한 번 흔들면 괜찮아졌다 새벽의 간략한 것들에 새겨 있는 표정을 세면서 꼭대기로 돌아왔다

과식

주위에 건강해지라는 사람이 늘었는데 구토가 나요

타인에게 하는 어떤 말은 스스로 건강해지려 하는 말 같아요

내가 나를 뱉는 일은 시간을 되돌리는 유일한 방식

다행이야,

자주 돌아갈 수 없어서

두고 온 과오들이 꽤 남아 있어서

돌아가는 일은 매번 윤리에 가깝고

고민은 혼자 버려야 예의 같은 시절이 지나가요

씹지 않아도 배가 터질 것 같은데

나는 자꾸 한 봉만 더 달라고 한 봉만 더 달라고

마음이 고요해지는 맛은 어디서 구하나요

딱딱한 포크가 질긴 고기를 집지 못하는 날도 있어요

먹어치운 사람에게 가장 먼저 그것을 다시 가져오는 새벽의 질서

아직 식사가 끝나지 않았는데

윤리적인 질서로 살이 찌는 손님들

이민자

한 시절을 다 발음하니, 먼 곳이었다 구 년이 지났고 스물하나의 표정을 대부분 잃어버린 청년은 남편이 되었다

덜 자란 말들을 두고 온 땅이 생각나 머리를 가끔 반대편에 두고 잤다 밥 먹듯 Excuse me를 하는 사람들이 fuck을 밥풀처럼 뱉을 때, 그들은 무얼 소화한 걸까 치즈처럼 늘어지는 단어들을 생각한다 늘어지다 끊어지고 늘어지는 조달되지 않는 어느 광경을

오늘은 무얼 먹을까. 매일 노동하고 식사를 준비하고 장을 보고 세금보고서를 끊으며 시민과 이주민을 오가는 나. 내가 할 수 있는 건 쓰는 일 찍는 일뿐이어서

타국어로 더 많이 불리는 날은

조금 더 이방인 같다. 단어와 단어, 얼굴과 얼굴, 모국과 조국 사이에서 자주 체한다. 나의 외부였던 내가 이방으로 내몰릴 때 나는 누구의 이방에 거하는가. 그려보기도 하는 것

이다. 간혹 건강해져 있는 청년을. 모국에 있는 서점과 밥집
과 과일 가게들을

　바깥이 돼버린 모국과
　모국의 국기와
　그 가장자리

　주목된 적 없는 세 줄의 독백을 생각한다. 어느새
　집이 돼버린 곳에서

　집에 대해 생각한다. 소화 안 된 언어들이 뒤섞인 채로 쏟아
지고

　먼 나라 국기처럼

　이민자의 밤이
　잠시 펄럭이다 안착한다

리뉴얼

아는 문장을 다 지우면 기도가 어려운 날이 있다

귀가 시간이 전부 다른데 아빠는
어느 집에나 계시고

집으로 가는 버스는 전부 집으로 갔어 습관적으로 우리는
늦어요

어떤 책에서도 찾을 수 없었어
과오를 씻는 방도를

문장이 전부라고 배웠는데, 거짓말! 집은 그런 곳에 있지
않아요 꾸역꾸역 입 안을 채우는

용서를
인사처럼 하자 용서하지 않은 사람에게도 인사하자
정돈되지 않아서 사람을
사람이라고 하듯이

아들은

무엇도 하지 않고 아들일 수 있었다
자꾸 미안하다고 했다
빛이 들지 않는 골목에 남겨진 낙서를 한 사람은 기억하고
있다
본인이 본인을 잊어도

기억하는 사람이 있다 덧칠되는 사과가 있다

먼저 가 있는 이의 마음은 서너 해는 지나야 뒷사람에게
돌아갔다

또 무릎을 주고 싶은 건 그런 순간이었다

쉘

랍스터는 슬픔을 자르기 위해 손을 바위에 자주 문질렀다

아빠가 끌려가는 꿈을 꿀 때마다

손가락이
조금씩 자란다

잊지 못한 것들은 안으로 자란다

껍질 사이로 돋아나는
아빠를 모아
꼬리에 차곡차곡 숨겨두었다

배가 딱딱해질 때까지 계속 바위에 랍스터가 손을 문질렀기 때문에

바위가 자신의 슬픔을 잊을 수 있었다

자라던 것들이 전부
견고해지고 있다

품

vulnerable, 이라 쓰고 열어놓은, 이라 읽는다. 열릴 때 우리
는 틈이 아니라 품이다. 사람들은 날카로운 단어 같은 걸로
무어든 벌리려 했다. 열리는 일과 벌리는 일은 꽤 다른 성격
의 일인데. 어떤 날은 출구만 찾다 귀가한다. 망가진 지퍼. 내
것 아닌 문을 주워 폐기한다. 밤이 좁아진다. 말이 반나절씩
늦고

아침은 항상 가로로 온다

열차와 승강장 간격이 나와 나 사이 놓인 금 같다. 건너야
지. 숨이 되어야지. 누군가를 입장하듯 건넌다. 사람과 사람
이 부딪히는데 아무도 돌아보지 않는다. 어깨가 고장 난 사
람들. 누구도 화내지 않는다. 피하지 않는다. 사람들은 입술
을 잃었다. 사람이 되는 일은 무엇으로 시작될까

말을 하는 일과 참는 일 중 무엇이 사람을 시작할까

조심스런 말투가 허약한 마음으로 오해 받는 일터에서 틈

을 튼다. 품을 만든다. 온갖 입장이 입장한다. 들어섰다 떠나는 톱니들. 금이 없는 세계에서 나만 길다. 틈이 되기로 하면 틈이 아니다. 애써 품이다. 역으로 나오면 사람이 사람과 부딪힌다. 아무도 말하지 않는다. 말을 먹는다. 혼자는 아니다. 모든 틈이 품이 되지는 않지만 우린 그럼에도 vulnerable, 아니 열려 있다.

응

근심은 지구력이 좋아 오래 뛰어요.

응. 농담처럼 굴러가는 날들. 헤드라이트가 부지런한 건 착각이겠지. 어제는 커피를 세 잔이나 마셨고

손으로 할 수 있는 일은 하나뿐이에요. 응. 백스페이스를 많이 누른 날은 건강한 편이에요

수학 시간에는 ÷를 계속 틀렸어요 ÷와 응이 닮았다는 생각을 했어요

응. 시간이 나를 횡단해요.

조금 느슨해져도 괜찮을까요. 모호해지고 싶어.

아무도 해독하지 못하는 단어를 키우고 싶어. 나만 아는 수식들로 마음을 쓰고 싶어.

몇 문장을 쓰면 내일에 도착할까요.

응. 빠르게 나를 덮어써요

각자의 이응을 지켜요. 속도 같은 말이 도덕적으로 들릴 때 우린 버리는 일에 능숙해져요.

자고 있는 사람에게도 언어의 조도는 중요한데

나는 여태 지나간 말들과 살아요. 응. 꺼진 말들이나 이제
는 별개의 말들.

다시 초대돼요 대체 이게 몇 번째야

깨어있는 사람에게 전화 걸어요. 나눠 가지는 일은 힘이 세
고

기분은 너무 크거나 너무 작게 여겨져요

응

항상이라는 말은 늘 나머지지만

결국 하나의 수처럼 명료히 나누어떨어져요.

현

토마토를 써는데 첼로 소리가 난다

당신은 아내와 있다

아직 정리되지 않은 의지들도 있다 도마는 이제 의심하지
않는다

칼을 쓸 때 유독 아픈 말을 조심하게 되는 건

우리가

하나의 줄기에서 왔기 때문일까

잎을 씻을 땐 끄트머리를 너무 세게 쥐지 말 것

마음이란 건 면밀해져야 하는 일이니까

듣는 게 더 편한 사람과 말하는 게 더 편한 사람이 대화를
나누며 같은 칼끝을 보고 있다

프라이팬 위로 구워지는

몇 계절의 노동

기름은 기온에게 순종하지만 우리는 탄산의 자세를 잘 배
워두었다

꼭지를 딴 토마토를 몇 개 두르고

사람들이 가지런히 앉아 차례를 기다린다

음식을 나누어 줄 때마다

저마다의 방식으로 초록을 도모해온 사람들이
두 손으로 몸을 반성하고 있다

포토그래퍼

셔터를 누르며 문을 만든다 문을

연다

문을 열면 발이

없다
다리가 먼저 나서고 마음이 따라오는 곳에서
마음은 있다가도 없다

확인하려면 마음을 확인하려면
마음을 보려면 마음이 마음을 보려면
문이 닫혀야 한다

셔터가 열리고 닫힌다

있었던 사람과 없는 사람 열렸던 조리개와 닫힌 조리개
고장 난 사람에게

남은 것들

찍는 일보다 찍히는 일이 더 어려운 사람에게
달아나기 위해 성실해지는 것만큼 쉬운 일이 있나요

찍는 사람은 자신의 피사체가 될 수 없다

체중이 늘어가는 폴더와
날(raw)* 선 순간들이 외장하드 안쪽으로 튀어나와 있다

팔이 먼저 가고 마음이 따라오는 곳에서

사투하던 어느 날들의 손잡이들

---

*raw: 사진 원본 파일을 지칭하는 말.

수집품

　　퇴원하고산초콜릿박스를.　　환자복에구겨져있는이야
기를.　　너무낮은문을.　　너무높은철제계단을.　　매일다른
인삿말이나.　　거의똑같은향냄새를.　　시라고해도되나요.
　　이불을세개씩덮어주던사람의손을.　병동입구의조명.
무릎맡에있던십자가를.　　크리스마스라고해도되나요.
　　받기만해도괜찮나요.　대신숨을잃어버린사람을아바라
해도되나요.　　장신구하나없이놀러와도되나요.
　　아들이되어도되나요.　　　눈한번나리지않아도.
잊었던죄목이한파처럼몰려와도.　친구가될수있나요.
　　죽지않는말을키울수있나요.　죽지않는나무를.　죽고싶
지않을때까지쓸수있나요.　　살수있나요.　그래도살수있나요.
　　또찾으러와도되나요.　　이미오래전퇴원한사람들이
자꾸돌아오는곳.

그립(GRIP)

기린을 따라 걷던 날씨가 손 안에 없다

책을 배달하던 날 책을 사지 못한 슬픔이 손 안에 없다

사장실 냄새가 손 안에 없다

담화를 즐기던 옛 동료 근황이 손 안에 없다

공휴일이 손 안에 없다

월차를 쓰고 아프던 사람의 두통이 손 안에 없다

일이 돼버린 모든 일이 손 안에 없다

일이 되지 못한 하나의 일이 손 안에 없다

받지 못한 번역비와 따지지 못한 나의 비겁이 손 안에 없다

근무 대신 시 쓰던 아침의 소음이

손 안에 없다 다 끝낸 원고가

손 안에 없다 원고를 독촉하는 전화벨이

손 안에 없다 곁을 차지한 사람들과 모이던 주차장이

손 안에 없다

한때 쥐고 있던 모든 것이

손 안에 없다 손 밖으로 꽉 찬 악수들의 행방이 쥐고 있던
손의 안부가

손 안에 없다

도서관의 일요일

어제를 건너뛰었다 그늘에 민감한 사람은 아직 엊그제에
서 기다리고 있다
뜰을 지나면 도서관이 있다

도서관에 들어선다 사람을 들어서듯이

유리가 가지런히 꽂혀 있다 거의 돌출된 갈비뼈처럼
채광이
앞뒤로 쏟아진다 빛이 흘리는 피처럼

모든 것들이 안으로 멈춘다

발이검은사람이걸음을잃는다

부끄러운 사람이 묶음으로 운다 유리 앞에 호수가 우릴 용
서한다
용서를 가능하게 하는 말이 나무로 자라 책장이 되었다

우리안에꽂혀있는책들

책장은 살점의 이야기를 듣는다 책들이

운다 늘 어딘가로 단어들은 우회하고 있다 읽는 일과 쓰는
일에 대해 오늘도 누군가 배운다

어떤나의말은나의말이아닐수도있다

메마른 정신이 가까스로 살점으로 기록된다
계단을 오르는 걸음이 남는다

용서받은 자가 용서해준 자에게 어떤 말을 할 수 있을까
용서해준 사람이 먼저 고맙다고 한다

어깨가어깨를덮는다

한 바퀴 걷고 내려왔는데 뼈 사이사이로 빛이 침잠해 있다

심벌즈

반바지를 입은 슬픔이 걸어간다

이런 계절에는 몸이 조금 더 길어져서

다 감추지 못한다

뜨거운 커피를 시킨 건 끝내 반팔을 입어서는 아니었다

문을 열고 닫는 사람은 많은데

전부 긴 옷을 입고 있다

아이스커피를 시킨 사람의 손을 잡고 문을 연다

슬픔은 죄가 아니야

미지근한 계절이 식어간다

제2부
체위―하는 사물, 체위―하는 사람

그래도 괜찮은

창고 가득 장작을 모아둔 집에 들렀다 가지런히 순서를 기다리는 장작들 자신을 건네기 위해 몸을 다 던지는 의지도 있다 장작은 잘 타지 않는 마음에 대해 의구한다 숙명에 대해 의무에 대해 최초의 책임 같은 것이 어떻게 시작되고 부러지는지에 대해 불과 사흘 전 몸이 떨어져나갈 때 비명을 다 버렸는데 남은 비명을 지를 준비가 되어 있다 이런 걸 나의 일이라고 생각해도 괜찮을까 어떻게 희생을 습관처럼 하니 장작 장작 장작 연속해서 말해본다 어떤 단어는 연이어 말하면 타는 냄새가 난다 준비를 마친 나무들이 마음의 끝으로 달아난다 마저 다 타지 못한 사람이 어제 부근을 맴돌고 있다 해보지 않은 일들에 대해 우리는 너무 쉽게 이야기한다 다시는 만나지 말자 그래야 당신과 내가 마저 다 탈 수 있다 그래도 괜찮은 시절이다 누군가의 끝으로 가고 있다

공놀이

누구도 호루라기를 불지 않았는데 모두 뛰고 있다 여러분
경기는 한 번도 끝난 적이 없어요 멈춰 있는 사람들이 호루라
기를 서로에게 쥐어준다
　　공놀이를 하자 시간을 재지 말고
　　손바닥이 뜨거워 나는 나를 자주 앞질러요

사람들이 새벽 안쪽으로 허겁지겁 뛰어온다
무얼 위해 숨을 참고 있나요

부디
직사각형의 기분에 지배당하지 않기로 해

구석진 곳에 누군가
둥글어지고 있다 모서리를 깎아야 하는 심판들의 숙명
자처한 일을 자처 않은 표정으로 하는 사람이

공처럼 굴러가는 시간
걔는 대체 왜 뒷모습만 보여주는 거야

\>

흠결이 만드는 흠결을

생활이라 믿지 말아요
뛰고 있을 때도 뛰고 있지 않을 때도

과거는 여러 번 잃어버린 힘줄

골대의 윤곽처럼 우리가 평행해지는 시간이 오면 마침내
착각할 수 있다

숫자를 다 쓴 것처럼
또 입장할 것처럼

얼마 없는 함성을 움켜쥐고
뛰어가는 나
앞도 안 보고
출발 소리와 함께 미끄러지다 사라져버리는

에 대해, 에 대해

시에 부쩍 시가 없다

화자가 저자의 행방을 의아해한다

언어는 저자의 저자 되는 일에 관여 않고

사람은 언어를 방치한다

서점에는 독자가 없다

사람만 있다

책만 있다

사람에 대해 서점 주인이 생각한다

책은 자신이 서점 되는 일을 생각한다

책이 사람을 후회한다

21세기 표정은 숫자로 적힌다

방향을 잃은 방향은 체위에 대해 생각한다

돈은

체위를 두 개만 가지고 있다

나가는 돈이 들어오는 돈을 생각한다

돈의 입이 책의 귀에 대해 생각한다

책이 돈을 듣는다

돈은 누구도 염려하지 않는다

＞

읽히지 못한 말들을 읽힌 말이 염려한다

구석을 지키지 못한 가장이

가장자리에 대해 생각한다

시와 저자와 서점과 서점 주인과 책과 가장의 입과 귀가 스
스로 됨에 대해
또 스스로 되지 못함에 대해

생각한다

에 대해, 가에 대해에 대해 생각한다

CAPS LOCK

키가 큰 낱말들이 집합한다. 허릴 세우고 머릴 들고 팔다리를 뻗은 C와 A와 P가 모자를 잠글 때마다 c와 a와 p로 퇴장한다. 작은 사람들의 화두는 항상 끝에 있다. 움츠리는 표정이 죄가 되는 세계에서 자책하는 말을 하나씩 버린다. 나라고 어떻게 항상 나보다 크겠어요. 필요 없을 때 기억나지 않는 말이 있다. 곧 틀린 비밀이 될 위기에 처했어요. 로그인에 실패하셨습니다. 하나의 표정만 기뻐하는 성격을 조심해요. 자의로 또 타의로 우리는 방치돼요. 어제의 나는 기회였는데 오늘은 실수예요. 새끼손가락이 번복돼요. 괜찮아요. 우리는 반복적으로 괜찮아질 거예요. 키 큰 무리가 수군댄다. 작은 표정은 필요한 철에만 주목된다. 팔다리가 사라지고 기록되는 것만 기록된다. 몸을 눕혔다 일으킬 때마다 잠겨 있는 모자들. 오보처럼 허리를 키운다.

라멘 샵

도쿄에서 라멘 가게를 하는 토니모토 상. C자로 잠들어 있다.

고개만 빠져나온 건새우.

4시가 되면 토니모토는 덜 익은 몸을 들고 주방으로 간다. 마른 수건을 넌다. 빈 부엌의 어둠을 봉지에 버린다. 봉지를 묶다가 눈을 적신다. 냄비 바닥에서 더디게 차오르는 다짐. 면수를 끓인다. 바닥을 힘주어 문지른다

잘 닦인 타일이 발에 붙는다. 몸 먼저 느끼는 오늘의 약력. 뻐억뻐 소리가 나는 주방

면 500사발을 씻는다. 허릴 가다듬는 면들. 허리가 끊어지는 면들. 끊어지는 것들이 자신을 놓친다. 싱크는 기억력이 나쁘다. 몸에 묻은

밀가루를 닦는다

토니모토는 몇 가닥 걸러진다.

8시부터 9시까지 육수를 끓인다. 냄비에 달걀을 넣는다. 온도계를 살피다 안에서 바깥을 향하는 육수의 입장과 바깥에서 안으로 향하는 달걀의 입장을 생각한다. 쓸데없는 고민들이 아침을 지탱한다

가열되는 기분은
구석에 방치된다. 양파를 썰어 넣는다. 면발처럼 불어 있는
몸

국자를 쥔다. 어서 오세요.
좋은 아침입니다. 맛이 괜찮았나요. 고맙습니다. 또 오세요.
감사합니다. 1500엔의 노동만큼 한 사람이 덥혀진다.
15시간이 오류처럼 지나간다.

토니모토 상은 종일

15분을 쉰다. 어떤 날은 마지막 한마디처럼 서 있다. 마지막 계란을 면발에 얹는다. 시침과 분침이 동일해진다. 사인을 뒤집는다.

CLOSED.

마지막 접시는 직접 닦는다. 첫 다짐을 놓칠까봐. 두 번씩 닦는다. 오욕을 씻는 것처럼. 소매가 물렁해진다.
홍건한 바닥에 용서가 기록되고

자정이 되면 위층으로 향한다. 방이 오목하게 기다리고 있다. 토니모토는 빈 그릇처럼

엎어져 잠든다. 등 뒤로 가끔

기대하는 날도 있다.
아무도 없는 주말의 광경이라든가. 도착하기로 했던 본인의 차례라든가. 돌아가기 싫은 한때를. 함께 보냈던 마지막

명절을

오백 인분의 국수를 삶는 꿈에서 겨우 깨고 나면

4시다. 토니모토는
덜 익은 몸을 들고 주방으로 간다.

BANANANANA

바 바 바 바 바 바 바 바
　나 나 나 나 나 나 나 나
　　나 나 나 나 나 나 나 나

바 바 바 바 바 바 바 바
　나 나 나 나 나 나 나 나
　　나 나 나 나 나 나 나 나

바 바 바 바 바 바 바 바
　나 나 나 나 나 나 나 나
　　나 나 나 나 나 나 나 나

바나나 위에 바나나가 얹혀 있고
바나나 옆에 바나나가 누워 있고
바나나 아래 바나나가 아랑곳 않고 있다

바나나가 바나나에게 욕심처럼 달려 있다

모든 초록은 꼭지서부터

사라지고

절박한 것들은 전부 시간이 데려간다

유년기

양말은 다 자라면 제 몸에 상처를 낸다

수명 없는 것들이
제 숨을 헤아리는 자세를
학습하지 말 것

아무도 없을 때 비로소 새 것이 되던 복도 나는 괜찮으니 나를 지나가세요

정말로 비켜가지는 마세요

오후의 기온을
탓하세요 차라리
고음으로 대화하는 사람을
피해

여자의 좌측을 지나고 남자의 우측을 지나 아이는 학원에
또 길가에

끝끝내 놀이터로 달아나는 일을 반복하다 보면

그곳에는 아직 같은 동네를 벗어나지 못한 아이들이 시소
처럼 굽고 있다

해가 떨어지고

어느 유년기의 저녁에 구멍이 나고 있다

아보카도

아보카도는 괴로울 때마다 고통을 모았다 몸의 한가운데로
가운데를 모았다 끝나지 않을 것 같은 일이 있다

이름을 도려내는 일은 윗입술을 단단하게 한다 벌써 지나
간 온도로

접시 위에 잘려 나간 여름

몇 개월을 기다린 노랑을 초록이 빗겨갔다 견고하지 못한
곁눈질들, 지나간 시절의
돌기들

이유가 되지 못한 이유가 사라진다 설익은 과육이나 쉽게
찢어지는 볕이나
쉬이 잃어버리는 기분의 행방 가운데

돌이켜보면 거의 상투적이었던 생활이 있다

뭐든 너무 쉽게 내어주고 말았어. 둥글어지지 못한 육체가
가운데부터 길들여진다

손으로 눌러본다

겨우 하나 남은 둘레 같은 것들

한 사람의 밤이 지나가는 광경

n^n

문장이 하나둘 죽는다 / 표정이 느려진다 / 선다 / 쓰지 않기로 했어요 / 획득한 마음을 전부 다 소진했어요 / 쓰지 않기로 한 사람이 시집을 버린다 / 시가 집을 잃는다 / 시는 집을 기다린다 / 검지가 엄지를 부추긴다 / 검지를 부추긴 건 누구였을까? / 청년이 적힌다 / 청년이 없을 때 책장이 깬다 / 한 문장이 다른 문장을 부른다 / 읽는다 / 읽힌다 / 읽다가 / 쓴다 / 쓰기로 한다 / 쓸 수 없을 때까지 / 또 쓴다

문장이 하나둘 죽는다 / 표정이 느려진다 / 선다 / 쓰지 않기로 했어요 / 획득한 마음을 전부 다 소진했어요 / 쓰지 않기로 한 사람이 시집을 버린다 / 시가 집을 잃는다 / 시는 집을 기다린다 / 검지가 엄지를 부추긴다 / 검지를 부추긴 건 누구였을까? / 청년이 적힌다 / 청년이 없을 때 책장이 깬다 / 한 문장이 다른 문장을 부른다 / 읽는다 / 읽힌다 / 읽다가 / 쓴다 / 쓰기로 한다 / 쓸 수 없을 때까지 / 또 쓴다

문장이 하나둘 죽는다 / 표정이 느려진다 / 선다 / 쓰지 않기로 했어요 / 획득한 마음을 전부 다 소진했어요 / 쓰지 않

기로 한 사람이 시집을 버린다 / 시가 집을 잃는다 / 시는 집을 기다린다 / 검지가 엄지를 부추긴다 / 검지를 부추긴 건 누구였을까? / 청년이 적힌다 / 청년이 없을 때 책장이 깬다 / 한 문장이 다른 문장을 부른다 / 읽는다 / 읽힌다 / 읽다가 / 쓴다 / 쓰기로 한다 / 쓸 수 없을 때까지 / 또 쓴다

문장이 하나둘 죽는다 / 표정이 느려진다 / 선다 / 쓰지 않기로 했어요 / 획득한 마음을 전부 다 소진했어요 / 쓰지 않기로 한 사람이 시집을 버린다 / 시가 집을 잃는다 / 시는 집을 기다린다 / 검지가 엄지를 부추긴다 / 검지를 부추긴 건 누구였을까? / 청년이 적힌다 / 청년이 없을 때 책장이 깬다 / 한 문장이 다른 문장을 부른다 / 읽는다 / 읽힌다 / 읽다가 / 쓴다 / 쓰기로 한다 / 쓸 수 없을 때까지 / 또 쓴다

문장이 하나둘 죽는다 / 표정이 느려진다 / 선다 / 쓰지 않기로 했어요 / 획득한 마음을 전부 다 소진했어요 / 쓰지 않기로 한 사람이 시집을 버린다 / 시가 집을 잃는다 / 시는 집을 기다린다 / 검지가 엄지를 부추긴다 / 검지를 부추긴 건

누구였을까? / 청년이 적힌다 / 청년이 없을 때 책장이 깬다 /
한 문장이 다른 문장을 부른다 / 읽는다 / 읽힌다 / 읽다가 /
쓴다 / 쓰기로 한다 / 쓸 수 없을 때까지 / 또 쓴다

  문장이 하나둘 죽는다 / 표정이 느려진다 / 선다 / 쓰지 않
기로 했어요 / 획득한 마음을 전부 다 소진했어요 / 쓰지 않
기로 한 사람이 시집을 버린다 / 시가 집을 잃는다 / 시는 집
을 기다린다 / 검지가 엄지를 부추긴다 / 검지를 부추긴 건
누구였을까? / 청년이 적힌다 / 청년이 없을 때 책장이 깬다 /
한 문장이 다른 문장을 부른다 / 읽는다 / 읽힌다 / 읽다가 /
쓴다 / 쓰기로 한다 / 쓸 수 없을 때까지 / 또 쓴다

데이터 노동자

낮이 두 개인 사람이 문을 연다. 어제 고친 문장에 몸을 비집어 넣는다. 지하철처럼 나를 운반하는 것들

몸을 열었다가 닫는다

낮에는 데이터를 만진다
숫자에는 이름이 없다 맥락은

만드는 대로 있다. 버려지지 않기 위해 자신이 되는 일밖에 수치는 할 수 없다. 결론은 유의미할 때만 결론이 되고

밤새 만든
도표는
어제 한 문장도 되지 못했다. 우린 언젠가 효용이 될 거야. 어쩌면 몇 부품에 그치고 말 거야. 차트와 그래프로부터 퇴장한다. 로직은 표정이 두 개밖에 없다

시와 떨어진 건물에서

>

낮을 모은다. 말을 모은다. 아무리 서둘러도 귀가는 늦고
여보 나야
집에만 오면 왜 모든 게 괜찮아질까

손을 두 번 씻는다. 단어를 만질 땐 조심해 숫자나 단어나
정확하지 않으면 다칠 수 있어.
밤마다 깨어있는 사람들을 봐
놀이터에서 영영 아플 수도 있어

쓰는 사람이 전부 쓰는 건 아니고

몇 무리가
쓴다
생활을 옮기는 것처럼

하나의 낮을 닫고 또 하나의 낮으로 입장하면
사람들이 분주하게

>

　두 번째 낮을 살고 있다. 낮과 몸을 버리고 있다. 어떤 낮은
말이 되지 못해 몸을 옮기고 있다

　여태
　순서를 기다리는
　가족의 저녁

씨의 하루
— 오은 형에게

씨는 팔이 없다. 나는 말을 자주 잃고. 씨는 팔이 없어 무엇도 주울 수 없다. 나는 주울 수 없는 말은 뱉지 않기로 했다. 나는 팔이 있다. 쓰는 일 말고 내 팔은 무얼 할 수 있을까. 무얼 고치고. 무얼 팔 수 있을까. 질문들은 밤에 유독 깨어 있다. 어떤 날은 뼈가 선다. 내 문장은 얼마큼 걸을 수 있을까. 살이 많은 농담은 거의 무력하고. 여태 나는 말이 없다. 사장실에 불려간 날은 발이 없다. 계절도 사라지는 곳. 말이 되지 못한 처량한 나의 기후여. 겨울엔 씨도 발을 잃는다. 발이 없어 어디에도 못 살고 또 어디에나 산다. 나는 이렇게 못 산다. 성을 잃은 나는 씨에서 야, 로 대체된다. 야는 무슨 말을 건네야 할까. 고함에 팔을 잃는다. 주울 수 없는 말 주위로 머뭇거리다 사장실을 나선다. 때마다 야는 발을 키운다. 씨의 발처럼 문밖으로 자주 뛰쳐나간다. 이 계절 밖에는 어떤 말들이 쌓여 있을까. 살이 거의 없는 단어들. 뼈만 있는 자음에 자꾸 손이 가지만 두고 온다. 여태 나는 말이 없다. 씨는 발이 없다.

변성기

얼음은 몸을 자세하게 배우지 않기로 했다 모서리가 없는 것들은 잘 식별되지 않는다 주목하고 나면 없을 테니까 모른 척 해볼까 외출이 끝나면 첫 울음을 보며 기억이 이동하는 일에 대해 생각할 거야 죽을 걸 알면서 태어나는 마음을. 하나의 얼음이 다른 얼음에게 거의 다 녹은 손을 건넬 때 내일의 골격을 건넬 때 어제 지나간 육체가 돌아온다 갓 태어난 근육이 수모를 피하기 위해 엎드려 있다 만나자마자 이내 사라져야 하는 일이라니 그런 일은 꼴이라고 하지 않겠다 말했던 곳까지만 기억될 테니까 팔꿈치가 없는 세계에 뒤꿈치가 없는 세계에 당도할 거야 아무 일도 없다는 듯 중얼거리는 듯 팔처럼 접혔다 튀어 오르는 제빙기

백열

잠기지 않는 문을 갖고 싶어. 적당한 굵기의 마음을 찾고
싶어. 생활은 대개 작은 가방이 큰 가방에 들어가는 편.
사람들이 꺼졌다 켜진다 우리는
곁에게

자주 사용되고 싶다

잘 만든 폼이라는 게 멀리 있을 때는 항상 넉넉한데

자주 아픈 사람이 모여 사는 마을에서 기분은 어떤 볼티지
에 서식할까 어차피 사람도 조금씩 상한다 한 번도 상하지 않
는 약속을 조심해

요즘 나는 살고 싶어 죽고 싶지 않은 건 아니고 살고 싶어

몸이 몸을 떠나기 전에
당신의 기쁨을 배우고 싶어
당신의 천장을 읽고 싶어

바닥으로 만든 주머니를 전부 교환하고 싶어

어떤 날은 켜질 수 있다고 확신했는데 일찌감치 꺼져 있다

미룬 적 없는데 지연된 말들

뷰(view)

한쪽으로 몰린 힘이 과자봉지를 찢었다

엇나간 모함처럼

머리카락을 가누지 못하는 바코드

물에 밀려

줄 밖으로 쏟아진 글자처럼

이곳저곳 뜯어져 있는 소년의 기억이 있다 멈춰 있는 장면
이 있다 친구들이 조금씩 가져가려다가

전부 쏟아진 과자

떨어진 것들은 버려야 하는데, 주워 담다 보면
거의 쓰지 않은 지우개처럼

>

새 것에 가까운 마음들

여태 우리를 앞지르는 유통기한과 몇 번씩 두고 왔던 필통

허리 없이

남의 얼굴로
나의 일처럼 기록되는 뷰(view)
뷰라는 비유

Poe-try

시적인 것은 무엇인가

시적인 것이 모여 시가 되고 시가 모여 시집이 되고 시집이
쌓여 우리가 되면

우리는 무엇이 되는가

의자가 시적으로 앉아 있다

시적으로 서 있다

앉아 있는 것처럼

서 있다

서 있는 것은 상태인가 동작인가 전원이 꺼진 천장이 서 있
다

부호처럼 서 있다

서버린 기온

겨우내 녹지 않는 하프가 거기 있다

집 안에 켜놓은 불들이 아침까지

꺼지지 않거나

쌓여 있는 접시들이

각자의 방식으로 대변하는 어떤 날의 줄기들이

환기로처럼 서 있다

앉을 때까지 보이지 않는

모자들의 챙이 서 있다

시침이 11시마다

시집처럼 서 있다

눈이 잔뜩 쌓인 지붕이 기운다 기분처럼 사라진다

사라지니까

우리는 알아차릴 수 있다

우리 너무 절박해지지 말아요

시간이 부족한 사람을
설탕이 운반하는 밤이 있어 빌려온 마음이 전부
되돌아가는 건 아니지만
자정만 되면 분주한 인슐린
우리는 분해되지 않을 줄 알았지 발설한 적 없는 궁리처럼
밤은 아침마다 스스로 폐기되고
컵은 뺄셈만 해요
자꾸 허기 같은 게 와서
소식을 포기하기로 했어요 당도가 떨어진 사람들
손가락 사이로 흘러내리는 것을 움켜쥔다
손바닥이 뭉개진다
손톱만 잘랐는데 구름이 모조리 사라진 걸 알아챘을 때
당직 순서가 폭력처럼 느껴질 때
연녹색이 달콤에 실패했을 때
우리 너무 자주 절박해지지 말아요
안경을 쓴 채 잠든 사람이
자다 말고 손에 잡히는 마음을 확인한다
그런다고 빌려온 것들이 전부 되돌아가는 것도 아니지만

제3부
혼돈이라는 효능

연쇄

지운다 여태 지운다 쓰는 사람은 지운다 관념을 지우고 통을 지운다 통속을 지운다 통 속에 들어가 나를 지운다 상투적으로 지워지는 나를 지운다 지우는 행위를 지운다 과일을 지운다 과일의 꼭지를 지운다 꼭지를 묶은 고무줄을 지운다 남은 둘레를 지운다 사람을 지운다 남는 것들을 만진다 손만 남는다 남은 손을 지운다 따옴표를 지운다 떨어져 있는 헐거운 이름들을 지운다 오래된 시를 지운다 간과되는 얼굴을 지운다 부호처럼 생략되지 않는 기승을 지운다 숨는 게 묘책이라 믿는 것처럼 과오가 많았던 사람처럼 지우는 일을 지운다 계속 지우다 보면 단어만 남는다 첫 단어로 돌아간다 돌아간 곳에서 새로 시작하는 문장 그게 이 시의 마지막 문장이다

웨이브

생선을 먹다가 물결 맛이 난다고 투덜거리는 학생을 선생
이 앞으로 불러요

(오후에는 시를 배우는 게 좋겠다)

학생은 자리로 돌아가
생선을 마저 먹어요

물고기가 생선이 되는 데 필요한 표정은 어떻게 습득될까

(생선은 왜 늘 식탁에 물고기는 왜 항상 바깥에 있을까)

누워 있는 생선은 생각해요

선생은 수업을 시작해요

물고기는 바다에게
바다는 인간에게

인간은 식탁에게 돌아갔다고 해요

돌아갈 곳 없는 사람들이
생선이 되지 못한 물고기의 표정으로
물고기가 되지 못한 생선의 표정으로
인간은
인간이 되지 못한 표정으로
굽이쳐요

(헤엄은 외로운 습관 오늘은 일찍 귀가해요 귀가하기 전부
터 몰래 잠들어요)

그물에 걸린 것처럼 어깨가 흔들려요

Dear Bill Evans
―당신의 시간들로 쓰는 서신

빌, 이제야 거의 만난 친구여 우리는 굳이 새로운 재즈를 상상해보자(New Jazz Conceptions) 상아를 찾는 사람들처럼 헤매러 가자(The Ivory Hunters) 음악이 음악이라는 초상을 그리고 있는 곳에서(Portrait in Jazz) 재즈라는 지구본에서 암류를 견디자(Undercurrent) 상호하자(Interplay) 9월 중순이면 우리는 스스로와 말하고 있을 거야(Conversations with Myself) 데비에게 다시 보내고 싶은 곡이 생겼어 또 한 번 왈츠(Waltz for Debby)를 들려줄 거야 몸을 설득하는 일이 얼마큼 간소할 수 있는지(A Simple Matter of Conviction) 보여줄 거야 듣자 계속 듣자 듣다 보면 조금 더 길게 우릴 말하는 날들이 연장될 거야(Further Conversations with Myself) 한 사람(Alone)만 버티는 일은 세 달까지만 하기로 해. 어제는 살고 있는 시간이(Living Time) 사니까 죽 이어지는(Momentum) 것 같다는 생각을 했어. 그러니까 나를 너무 일찍 떠나지 마 설령 우리가 어느 도쿄 콘서트(The Tokyo Concert)에서 다시 만나게 되도 너무 유창한(Eloquence) 안부를 전하지 말자 달이 반만 보이는 만(Half Moon Bay)에서 한때 도모했던 아름다운(But Beautiful) 직관(Intuition)은 모두 버렸어 우리가 가지고 있는 정수(Quintessence)가 함께하기 전까지만 유효하기 때문일 거야 그러니 그때까지는 거꾸로 흐르는(Crosscurrents) 노래에도 봄이 있다고 믿자(You Must Believe in Spring) 이번에는 반드시 인사할 거야(I Will Say Goodbye) 다소 감정적으로(Getting Sentimental) 당신에게 쓴 서신(Letter to Evan)이 집에 도착하기 전에(Homecoming) 어쩜 내가 먼저 그곳에 도착하겠다 음악 밖에서는 여태 새로운 대화들(New Conversations)이 발발하고 있고 아직도 사람들은 당신에 대해 이야기하고 있다 그런다고 아무나 친밀(Affinity)해지진 않겠지만

---

*빌은 가장 가까운 지기를 잃고, 아내를 잃고, 괴로운 날들을 보냈다. 네 달간 힘들어하다 9월에 혼자 떠났다. 팔십 장 넘는 음반이 빌의 이름으로 남았다.

GIG

단짝 단짝 단짝

드럼을 친다
사람이 사람을 열어보는 소리가 원을 만든다
튕겨 나오는

하이햇은 규칙을 슬퍼하지 않는다

둥근 눈을 조심하도록 해

허락되지 않을 때 마음은 조금 더 부풀어오른다

밤마다 연주자가 뛰쳐나온다

손쪽 손쪽 손쪽 손쪽

건반을 칠 때는
너무 가까이 서지 않도록 해

바짝 자른 말들은

생활에 해로워

우리는 둥글게 둥글게 등을 돌리다 결국 가위처럼
서로를 지난다

결국 만나게 될 사람들로부터 와사비의 표정을 배워보자

난장 난장 난장

하프 소리가
낮게 깔리는 곳에는 사람이 있어 사람이 사람을 껴안는 거
리에는
침묵이 있어
알맞게 떨어진 저녁의 위치에

손쪽 손쪽 손쪽

만나는 사람들만 만나지 말고

사람을 만나자

멀리 있는 소식을 듣고 함께 우는 연습을 해보자 함께 울지
않는 연습을 해보자

단짝 단짝 단짝

하나둘 튕겨 나오는 사람들, 한 번도 들어간 적 없는 회전
문에서

POOL OF PURE
—POURED

　가로로 쏟아질 때 나는 말이 되었다 쏟아지는 말은 이내 버려지거나 의식으로 자란다 자라지 못한 이름은 어느 집에나 있다 빗겨간 가풍은 어디에 축적될까 전류처럼 혼자 발발하고 혼자 지속되는 것들 처음으로 나는 자발적으로 있다 있다가 없다 반복되는 질문은 어디에서 오는가 오늘과 내일의 전압 차는 어떤 말을 만들어내는가

　세로로 쏟아진 날은 문이 된다 사람이 사람을 퇴장할 때 무엇이 남을까 떠나온 표정이 떠났던 사람을 생각한다 돌아오는 것들아 나를 추월하는 질문아 서 있는 문들아 나를 떠나라

　순서 없이 문을 모아 쌓는다 지나간 사람이 될까봐. 기한이 지난 신문을 모으고 덜 잘린 사진을 모으고 부딪친 얼굴을 모은다 세습보다 재연에 가까운 일이다 물이 쏟아지는 장면만으로 괴로웠던 사람이 물가에 가지 못해 괴로워하는 사람을 마주하는 장면. 엎드리는 게 더 쉬웠던 날의 합리 같은 것들. 금세 도망치는 생활. 쏟아진 것들. 정전되듯 밤과 밤 사이로 느닷없이 흐르는, 아니, 가로로 쏟아져 나오는.

붕어는 왜 어항 편을 들지 않았을까

반신욕을 하는 금요일은 아이스크림을 미리 사두는 습관

발을 담그면
발이 따라오지만
허벅지를 담그면 몸이 달아나는 사람들의 저녁은 약속이
없다

두통은 저녁의 손님

세로로 씻을 수 있으면서
우린 왜 세로로 잠들지 못할까

몸이 반쯤 녹은 아이스크림처럼 끈질기게 떠 있다

모음 위에 부유하는
자음처럼 멈춰 있다

받침을 갖지 못한 단어의 마음을 헤아리면서

\>

놓쳤던 사람의 자리를 되찾을 질문을 몇 번이고 궁리하면서

물로 커튼을 만든다
커튼으로 들어가 옆구리를 튼다
알람이 울릴 때까지

반만 젖어도 전부 휘청이는 세계에서

다리를 먼저 빼고 물을 비우시나요
물을 비우고 몸을 빼시나요
중요하지 않은 질문들

볼륨이 약한 스피커가 떠나왔던 곳으로 돌아보는 습관

물기를 닦고
아이스크림을 먹으며 생각한다

왜 마지막까지 붕어는 어항 편을 들지 않았을까

일

읽는 일

읽지 않는 일

휴일을 기다리는 일

일어난 적 없는 일과 일어나지 않고 일어나는 일

입는 일

벗어둔 옷을 벗는 일

집는 일

집은 걸 놓는 일

켜는 일

다시 끄는 일

식을 걸 알면서 끓이는 일

옮기는 일

가져오지 않는 일

일이 아닌 것처럼 하는 일

일인 것처럼 하는 일

듣는 일

단어를 고르는 일

고른 단어로 어깨를 만드는 일

읽는 일

읽은 어깨를 버리지 않는 일

버린 곳으로 돌아가

용서를 구하는 일

용서하지 않았던 나를 용서하는 일

용서해준 사람을 용서하는 일

안는 일

모르는 노래를 찾는 일

영문을 몰라도 따라 부르는 일

없던 일

없는 일

새 노래를 찾는 일

틀어놓은 노래를 마저 듣고 복기하는 일

날씨를 더러 되찾는 일

Abstraction

This is this.

대략 그렇게 들렸던 것 같은데. 귀가 듣지 못한 말을 속으로 다시 발음한다. 말은 보이지 않으니까 아름다울 수 있다. 보이지 않으니까 기록될 수 있다. 소년은 타국에서 처음으로 사람을 맞닥뜨린다. 빨리 이야기하는 사람은 너무 빠르게 이야기한다.

I want to go home.

추웠던 모국의 겨울을 떠올린다. 귀가 없어 위태로운 사람이 괜찮은 표정을 연습한다. 자연스러운 날의 나는 참 자연스러운데.

Talking to yourself?

언어를 잃은 사람은 혼잣말이 는다. 모국어가 는다. 원망하는 일을 일인칭으로 않기로 했잖아. 이곳에선 나만 나를 챙길 수 있다. 솔직하지 않아야 건강한 날도 있다. 주어와 목적어가 술래를 바꾼다. 나는 멋대로 배치된다. 문장이 없는 곳에 사람이 없다.

You are not one of us.

선생님 지하철에서 왜들 난해한 표정을 짓고 있나요. 표정은 정말 기분의 몸이 맞나요. 몸은 같은데 얼굴이 다른 날도 있다.

This sentence is not a sentence.

이곳에서는 그렇다. 그때는 그렇다. 이 시에서는 그렇다. 어떤 날의 나는 잘못된 문법. 어느 나라에서도 성립되지 않는다. 순서 없는 사람들의 구분하기 어려운 This is this. That is that. 말은 보이지 않아서 아름다울 수 없다. 보이지 않으니까 기록될 수 없다.

구름을 짓는 사람

노랑

제일 좋아하는 색이 어떻게 돼?

노랑, 색이요.

하고 싶은 말들이 너무 많아 아무 말도 하지 못할 땐 어떻게 해?

노란색이요.

가장 좋아하는 계절은 뭔데?

노랑이요.

처음으로 사랑한 동사는?

노랑, 이요.

겨울과 노랑이 교차하던 날, 다 전하지 못한 노랑을 손에 쥐고 나는 노란색이었다.

노란색일 때도, 노랑했다.

루프 II

봉급이 길을 지우지 못한다
길은
생활을 지울 수 있다 우울은 생활이 될 수 있다

눈물로 눈물을 지우지 못했다 없는 방에서 우리는 나갈 수
있을까 이따금

기분을 미리 썼다

빛에 우리는 종일 씻을 수 있다

오후를 짓자
볕 위에 일찌감치 오후를 짓자
자리가 자리를 만들었지 사람을 만들었던 건 아니다 아니
었던 날도 있다

짖는 소리가 밤을 막을 수 없듯이

영광이
사람을 구하지는 못하나

용서받은 사람이 하나도 없는 건 아니었다

?

—Dear Alex

Dear my friend

two languages away

two houses

two decades apart

I

today

have three

wishes for you

first is that your very first will

to write

grows as

the thickest cloud yet

so it may

surround you haphazardly

but can free you

at any time

this will be the most transient

eternity

in

your library of belongings;

make sure none vanishes

when they yell but when His song plays

my second wish

is

that you will

always stand on the monologues

of todays, not those of day after tomorrows, become

a tower

that dwindles only on God's wills

and continuing wheels

amid the countless

monuments

built on fragile premises and

half_hearted promises.

The question

that

repeats itself within your gaze

not among the teeth

will

at most times

spot you where to

stand

even if the question shatters you

at unfathomable

frequencies;

finally

my last wish is that you

will forget the

first two

from me

and only remember what lives

as a monologue of

yours, today

예보

어머니 잘 지내지요 이곳은 겨울인데 아직 반팔을 입고 다녀요 감기에 걸려 약을 먹었어요 누워 있다 침대에서 시를 썼는데 마음에 들었어요 청탁 때문에 쓴 건 아니었고 그래서 좋았어요 청탁 때문에 쓴 시는 다시 안 보게 되더라고요 다 써버린 기분 같아서 아무튼 우리 12월에 만나요 어머니 기다리는 일이 가끔 나를 잡아먹어요 텍스트는 예보가 없어서 초조해져요 약속한 날짜보다 문장이 도착하는 날이 길어질 때 자꾸 내가 없어져요 따옴표가 살해한 문장처럼 몸을 빼앗긴 얼음처럼 공항에 두고 온 여권처럼 우리는 얼마큼 더 지연될까요 이 계절은 몇 년이나 늦을까요 내복 몇 개를 미리 보내요 반팔도 두 벌 넣었어요 무릎으로 계속 만나요 두 개의 이름으로 만나요 고마워요 새벽마다 나의 이름을 불러줘서 어머니 저는 올해 아무도 부탁하지 않은 문장을 조금 더 쓰기로 했어요 이명은 괜찮죠? 잘 자기를 바라요 귀에 들려오는 소리들이 전부 스캣처럼 변하기를 온갖 침묵이 음악 아닌 것처럼 도착하길요 또 쓸게요 편지를 받으면 통화해요 이내 우리는 조금 더 일치할 거예요 꼭 건강해요 안녕

도처

도처에 비가 내리는 날
우리는 악어를 꺼내 나누어 가졌다 악어도 없는 사람들이
악어를 꺼냈다 악어가 아닌데 악어가 아닌데
다른 악어를 안았다 악어가
악어를 먹었다 악어가
악어를 버렸다

악어가 악어를 버리다니

악어는 아닌 척했지만 악어가 결국
악어를 물었고
악어를 살렸고
악어를 나무랐거나
악어를 아껴줬다
악어를 흉내 내던 악어는 악어가 되었다

생각하는 순간은 대개 늪이어서 우린 어디서든 살 수 있다

강가로 나가보면

죽지 않은 강가가 죽은 바다를 살리고 있다
살아있는 것들이 죽어가는 것들을 붙잡고 있다

나는 한 번도 죽은 적 없고

악어가 없는 곳에 가면
거의 다 산 악어들이 고개를 내밀고 있다

브런치

점심은 친절한 사람들과 먹는 게 좋아요. 의자가 모자란 식탁에 앉아요. 결핍은 좋은 습관. 나이프 좀 건네줄 수 있나요. 라자니아는 등과 등을 맞대고 있어요. 서로가 모르게 층이 되어가는 시절이 지나가요. 멀리 있을 때 우리는 더 가까이 말해요. 어떤 식탁에서는 소화가 더 잘되고 아픈 사람은 듣는 일을 더 잘해요. 소화를 마친 이파리가 모처럼 건강해졌어요. 모두 다 같이 자라는 식탁이 그리웠어. 접시에 대해 오래 이야기하지 않아도 괜찮지요. 의자가 되지 못해 일어난 일들을 우린 너무 많이 보았어요. 길게 뻗은 자의식은 해로워. 앉아요. 식사는 앉아서 해요. 식탁의 목덜미는 하루 몇 사람의 이야기를 지탱할 수 있을까. 지나면 자세히 기억나지 않을 오후를 많이 갖고 싶어요. 긴 컵. 빈 그릇. 한 끼의 몸집. 서로에게 개입되는 우리는 조심히 가고 또 와요. 잘 익은 바질을 주워요. 아침에 만나고 저녁에 헤어지는 마음이 가능한 만큼만 도착하고 있어요.

제4부
이 방에는 이방인이 둘 살아요

임시 삭제

파일을 찾을 수 없습니다. 이름을 돌려받지 못하는 소문도 있어요. 여기저기 삭제된 사람들이 활보하는 오후. 일찌감치 귀환을 포기한 얼굴이 여권을 빌리고 있어요. 다치는 일에 서투른 사람이 사는 마을에는 담이 많아요. 시인은 더 이상 시를 적지 못합니다. 풀들은 더 이상 풀죽지 않아요. 잘라낸 마음에서 마음이 자랐어요. 도둑질당한 시간은 잃어버린 물병이라고 생각해. 아니요 나는 망원경을 샀어요. 자격을 모색하는 사람의 양말은 늘 젖어 있고 오후가 끝나면 장화만 남아요. 장화를 신고 우린 무대로 갈 수 있을까. 누구도 활보하지 않아요. 무대에는 더 이상 비가 오지 않아요. 선생님. 망원경을 맡아주세요. 빌린 여권을 돌려주러 가야겠어요. 시가 적고 싶어요. 마음이 자랐어요.

말로 물 베기

물을 자르면 그 안에
물음들

숨겨진 말들이 쏟아져 나오고

말을 가르는
물 사이로
부부가 보여요

밤을 반으로 가르고 있어요

정확히 나눌 때까지 등과 등이 닿을 때까지

날카로워지는 일은 실수로 사용했던 우리를 점령해요

패잔병이
승리하는 화목의 세계

갈라진 침묵과 표정의 간격은

칼이 아니라
말로 지나는 것이어서

전리품을 나누어 갖는 방식을
택하며
우리는 오래 패배할 거예요

미끄러지는 물처럼 오래 지속될 거예요

마구 섞이고 다정해질 거예요

애드리브

—Semi Comfortable In 3 by Antonio Sanchez

드럼 소리가 튕겨나간다
사람이 휜다
이내 제자리로 돌아온다

우리는 휘는 것 중 하나일 뿐이야 습한 날 태어난 사람들
은 자주 흥얼거린다

리듬은 쓸쓸한 일
모든 소리가 리듬이 되지는 않는다
자유를 얻지 못한 사람이 말하는 자유는 늘 그런 곳에 있다

둔탁한 악기는 자주 침묵한다

어디까지가 나의 악장인지
근면한 사물들은 연약한 질문을 한다

우리는 조금 더 휘자 눈감고 말을 하자

지휘자는 선생의 마음을 알아버린 것 같아서
그의 미간을 더는 흉내 내지 못한다

쫓겨난 사람들의 등을 본 자여
비밀을 지킬 수 있는가

친애하는 B에게
─편지에 답장하며 청탁을 해결할 수 있을까

친구야, 날이 좀 풀렸다는 소식은 기분이 좋다 어떻게 겨울
이 6개월이나 지속되니 조금만 기다려 이곳의
볕을 보낼 적당한 봉투를 찾고 있어

여긴 꽤 뜨거운
날들이 이어지고 있어 정말로
몸이 쩍쩍 갈라지고
있어 도로를 지나면
가끔 아스팔트가 타거나
녹는 냄새도
나는데
원고를 오래 붙들고 있으면
비슷한 냄새가 나

헬싱키의 겨울과 조지아의 여름을 섞고 싶다는 생각을 해

기후가 두 개 담기는 비커를 우리는 모색하자

두 해 동안 작업한 산문집 원고를 엊그제 송고했어 메일을 보내고 책상에서 일어났는데 시간이 휘어져 있었어 무얼 해도 둔감해진 거 있지
　몇 달치 마음을 미리 쓴 사람처럼

　집을 나왔는데 세계는 아직 너무 평평해. 거기는 마침내 덥혀졌을까?

　보내준 사진 좋더라 작은 항구에서
　카펫을 씻고 있는 사람들의 기분에는 어떤 냄새가 날까

　그런 생각을 하다

　한 바퀴를 못 걷고 집에 왔어 선풍기를 켰는데 유월에 받은 청탁이
　생각났어 그리고
　네게 쓰지 못한 답장 생각이 났어 편지에 답장하며 청탁을 해결할 수 있을까?

>

주고받은 문장을 모으면 좋겠다던 이야기를
기억했어 한 편의 시가 그런 시작이 될 수 있을까

힘을 내기로 했다는 소식 기뻐
친구가 친구에게 줄 수 있는 믿음의 조형에 대해 생각해
그렇게 무겁고 부드러운 질감을
믿음 말고 무엇이 성취할 수 있을까

시에서 이런 단어는 피하라 했는데 이건 편지니까 써두자

시를 오늘 내로 해결할 수 있을까?

어제는 퇴근하다가 근래 찍어둔 사진들을 보았는데
간만에 기뻤어 잘 지속되고 있다는 생각을 했어
지속되는 일이
사는 일과
어떻게 닮아 있는지 어제 인터뷰에서 주저리주저리 이야기
했는데

자고 일어나니 하나도 기억이 안 나

질문지를 준비할 때 〈사소한 인터뷰〉도 읽었다고 하더라
너에게 그 이야기를
꼭 전하고 싶었어

지나간 문장은 지속되고 있구나
우리가 지속되는 것과 별개로 우리의 문장들은 문장으로
지속되고 있구나

보내는 우편은 규격이 없으니 아까 말한 사진들 함께 보내

내년 즈음 전시가 끝나면 인화해서 줄게

이런 사진이 시가 될 수 있을까?
사진과 산문을 어떻게 모으면 시가 될까?
시가 되지 않고도 시가 될 수 있을까?

118

아직도 이런 고민을 해. 어떤 날은 자다가 이빨 사이로 씹힐 만큼

그 이야기를 또 하고 있구나
나 좀 봐

나갔다 와야겠어 이러다 마음이 끊어질지도 몰라 조만간 어디라도 다녀오려고 가급적이면 눈이 펑펑 내리는 가까운 곳으로

근데 보영아, 이런 시를 두 번째 시집에 실을 수 있을까?

편지를 쓰다가 시 청탁을 해결할 수 있을까?

과도기

의자는 네 개의 다리가 있어 밤을 견딜 수 있다

둘만 남은 다리를
잠깐
귀퉁이에 얹고

두 다리만큼 사라진 온도를

찬 손으로 찾는다

반만 잠든다

구구절절 반복되는 시간을 사물의 체위로 버틴다

짝을 잃은 것들이 절룩거리는 시간

혼자 말을 하다가 혼잣말이라는 걸 알아차렸는데도 계속
한다

땡스기빙

모과는 살아남았다. 우리는 전부 다 벗기지 못한 과일. 살아남는 일은 작은 것들에게 이런 식으로 유리하다

썩을 걸 알면서 자란다. 기뻐도 자란다. 주저해도 자란다. 기다리다가 자란다. 절규하다 자란다. 초조하다 자란다. 자라지 않다가 자란다. 우리는 머무르자 그날 자라는 것으로. 오늘 자라는 쪽으로. 위태롭지 않을 때까지. 위태로워도 이런 예감이 속상하지 않을 때까지. 절실했던 것들도 언제 그 건너편으로 몸을 움직일지 모르니까. 마음은 결국 한 곳에만 속할 수 있으니까
그런 마음을 먹는 게
작은 일이 아니라 믿으면서

몸이 질겨진다. 어깨는 단단해지고 자세가 물렁해진다. 곁을 쉽게 내주지 마. 그럴 때 죽는 거야.

그런 목소리와 싸우며 몸이 단단해지는 과육과 마음이 작아지는 사람이

식탁에 비친

은색 포크 둘, 접시

과도와

동시에 움직이는 오후

출국 2

What is your last name?

마지막 이름을 갖지 못했다

우리는 이름을 얼굴과 얼굴을 구분하는 효용 정도로 착각
해서

이름은 끝까지 우릴 배우지 못한다

What is your first name?

첫 번째 이름은 아들이었다

Which countries have you visited prior?

폐허가 된 도시에 머물렀다 오래전 없어진 주소지에서 지
냈다

돌아오기 전에는 여러

대륙을 건넜다 사람들은 그곳을 사람이라고 불렀다

자발적으로 왔다가 사라지는

아무리 밀어도 도착하고 발화하는

What is the purpose of the visit?

또 한 번 돌아오기 위해 떠났다는 말은 거짓말 같다

Do you have any illegal items with you?
날카롭고 뾰족한 생각이나
말은
미리 다 삼키고 들어왔다
그런 것들이 우릴 해칠 수 없다고 믿는 사람처럼

How long are you staying in this country?
아직 아무 곳에도 우리는 도착한 적이 없다

시원하고 시끄러운 꿈
—Independence Day

어제는 노래를 따라 부르다 앉은 자리에서 잠들었다 서로
깨우지 않았다

국기가 펄럭여도 누구도 울지 않는 날

all fight for their most current independence

아이들이 욕장에 뛰어든다
아침마다 오렌지색 튜브가 구비되지 못한 기분을 만회하기
위해 성실히 떠 있다

태닝 의자가 거의 다 익었다
언제 일어날 건지 의자에게 묻지 마세요 제발

question our very independence

휴일이면
버섯처럼 자라는 사람들

매일 다른 방향으로 분주해지지만 해변의 자세는 매일 살펴도 소용없어요

　　어제 이룬 것들은 왜 쓸모없는 것 같지

　　몸을 말리지 않고 눕는 소년을 본다
소년은 성취한 것들을 이제 기록하지 않는다

where is the victory achieved?

　　파와 도로만 된 노래를 지어 당신에게 선물하고 싶다

　　집에 두고 온 전축과 서재와 재작년 여름

　　옷을 다 입고
물에서 노는데 아무도 젖지 않는다

you are now free

사이의 사이

이 방에는 이방인 둘이 살아요

돌아오는 소식을 함께 뜯어요 반송되는 표정도 있지만

남녀는 때 없는 크리스마스 음악처럼 서로에게 거주해요

두 번째 언어로

서로를 불러요

화가 나면 타국어로 이야기하지 못해요

모국어를 번갈아가며 키워요

살이 닿지 않아도

밤이 되지만

우리는 마지막 국적이 되기로 해요

주중으로 가는 기차를 타고 첫 간격처럼 사라져요

둘 사이로

사이의 사이로

집에 도착할 때까지

샬롬*할 때까지

문과 문지방처럼

두 대륙처럼

7과 8처럼

밀착해요

제 시간에 도착하는 문장의 몇 어미처럼

어디에도 예약되지 않은 늦저녁처럼

---

* '안녕', '조화' 등 다섯 가지 의미를 내포하는 히브리어.

통조림

선생님 모국어와 이국어를 섞어가며 시를 쓰고 싶어요 문법을 버리고 싶어요

서사를 버리고 싶어요 선생님 선생을 버리고 싶어요 어제 이해하지 못한 작품은 추앙받거나 찢겨야 했어요

깨어있는 시간은 같은데 잘 노는 사람들

선생님 놀고 싶어요 시를 쓰고 싶어요 노동 않고 노동하고 싶어요

고등어가 고등어의 눈을 흉내 내요 가시에서는 사실 냄새가 나지 않아요 가까이 붙은 살들이 가시를 앓아요

우리는 얼마나 더 많은 가시를

가시라 부를 건가요 얼마나 더 많은 살점을 가시라 부를 건가요

알몸들을

비린내 나는 알몸들을

바다로 버리기 전에 이미 놓쳐버린 광경을 또 헤매기 전에 살고 싶어요

죽지 않고 싶은 건 아니고 살고 싶어요

선생님, 시를 쓰고 싶어요

시집은 사는데

시집을 사는데 출판사부터 확인하는 사람을 위해 시를 읽는데 약력부터 읽는 사람을 위해 뭐든 쓰기 전부터 작년 심사위원 목록을 검색하는 사람을 위해 보이지 않는 단어로 시를 써야지 출판사 이름 없는 책을 내야지 약력이 비어 있는 소개를 적어야지 출판사도 약력도 사진도 없으니 책을 안 사거나 제일 마지막에 사겠지 마지막에 샀으니 제일 마지막에 읽거나 제일 처음에 읽겠지 시가 별로면 덮겠지 시가 좋으면 두고두고 읽겠지 어쨌든 시는 얼굴만 남겠지 이름이 비어 있는 책을 쓰고 약력을 포기한 사람들은 시집을 사지 않는 사람을 보며 출판사 부근을 약력을 찾아다니겠지 검색하는 사람을 피해 다니다가 어떤 식으로든 얼굴이 되어야겠다 되어 있을 거야 하겠지 시를 쓰는데 시를 쓰는데

어떤 이야기가 있다

이야기가 있다
이야기가 있다

물이 가장 아래에 있는 저를 꺼내들어
닦고 있는 사정이 있다
자정 전에는 목격하지 못하는
광경이 있다

이야기가 있다
이야기가 있다

큰 접시가 작은 접시를 밑에서 지탱하는데
생존이라 부르는 날이 있다
누군가 은혜라 부르던

이야기가 있다
이야기가 있다

한 곡이 채 다 안 되는 노래를 매일
만드는 사람이 있다
숨을 확보해야 하는 것처럼 짓는 사람이 있다

이야기가 있다
이야기가 있다

사람을 밀어내는 침묵이 있다 사람을 초대하는 부재가 있
다
자정이 되었는데도
우리들이 있다
동상처럼 가만히 있다
화면을 보고 있다
화면 밖보다 화면 안쪽에 사람들이 더 많이 들어 있다

이야기가 있다
이야기가 있다

>

이야기들이 사람 없이 이야기가 되고 있다

아직 이야기가 되고 있다

이야기가

이야기에서 사라지고 있다

루틴

손 안에 없는 것들을 닦는 밤. 납작한 접시처럼 없는 것들도 나를 가져갈 수 있다. 선배는 보이는 것부터 닦아야 닦는 일도 의미를 입는다고. 단서 없이 괜찮아진다. 무얼 쥐고 있는지도 모르고 둥글어지는 손. 손은 휘어진 손가락으로 튀어나온 몸이나 말에 대해 몇 번이고 용서를 구한다. 용서받는지 모르며 용서받기도 한다. 닦는 일에 분주했던 새벽의 사람들이여. 이곳에서 다만 부지런해집시다. 용서를 위한 용서는 용서인가요. 접시가 깨지지 않기 위해 물이 깨지기로 했다. 다시는 그런 접시가 되지 맙시다. 우리는 이미 여러 번 깨진 접시. 물이 스스로 깨졌으니까 다시 깨지지 않는다. 아침마다 갱신되는 사람이 혼잣말로 암송하는 말들 중에 과오는 몇 개나 되나. 전부 가져가는 사람. 전부 두고 가는 사람.

요거트

사과를 하지 못한 사람에게 미리 사과를 주자
양파를 못 먹는 사람의
샐러드는 마지막에 만들자
굶주린 악보를 읽어본 적 없는 사람을 광장으로 데려가자
불을 조립하자 우리는 우는 일을 증오하는 사람과
나무를 심자
곁을 놓친 사람의 허밍을 듣자
가사 없는 노래를 외우자
돌의 몸을 배우자
썩지 않는 것들에게 고맙다고 말을 하자
도서관 사서에게 덕분이라고 하자
다 쓴 형광등을 일기장에 일일이 옮기지 않기로 하자
아침을 함께 맞는 사람에게 물을 건네자
풍선을 불어두자
시계의 전지를 미리 갈고 덮어둔 시집을 읽자
시를 버리자
이해하지 못했던 결말을 제자리에 두자

이 도서의 국립중앙도서관 출판시도서목록(CIP)은 서지정보유통지원시스템 홈페이지
(http://seoji.nl.go.kr)와 국가자료공동목록시스템(http://www.nl.go.kr/kolisnet)에서
이용하실 수 있습니다.(CIP제어번호: CIP2018036021)

시인동네 시인선 100

우리 너무 절박해지지 말아요

ⓒ 이흰

초판 1쇄 발행   2018년 11월 23일

초판 2쇄 발행   2024년 1월 15일

지은이   이흰

펴낸이   김석봉

디자인   헤이존

펴낸곳   문학의전당

출판등록 제448_251002012000043호

주소 충북 단양군 적성면 도곡파랑로 178

전화 043_421_1977

전자우편 sbpoem@naver.com

ISBN   979-11-5896-400-9   03810

시인동네 시인선 100

이원 시집

우리 너무 절박해지지 말아요

시인동네

우리 너무 절박해지지 말아요

이훤 시집